RÉFUTATION

De la Brochure

DE M. DE CHATEAUBRIANT,

RELATIVE

AU BANNISSEMENT DE CHARLES X

Et de sa Famille;

Par VINCENT.

***

Prix : 60 centimes.

***

PARIS,

CHEZ LES LIBRAIRES DU PALAIS-ROYAL.

1831.

A M. DE CHATEAUBRIANT.

Les aristocraties littéraires n'aiment pas plus que les autres aristocraties à se mettre en contact avec l'égalité plébéienne; et je suis certain, Monsieur, que, malgré vos protestations d'amour pour la liberté, ce sera avec un superbe dédain que vous jeterez un regard de pitié sur le nom inconnu qui signe cet écrit.

Il est dur, je le sens, quand on est bardé féodalement par un écu de vicomte, qu'on a des aïeux séculaires au nombre desquels figure la concubine d'un roi, qu'on est *auréolé* par l'encens de tout le parnasse contemporain, il est dur, je le sens, de se voir heurté par un vilain qui, sans égard pour les fictions poétiques, vient brutalement déranger une symétrie de convention, pour y substituer une froide, je dirais presque une grossière vérité.

Avant d'aller plus avant, je vous ferai toutefois remarquer, Monsieur, que ma témérité est votre ouvrage : si vous étiez resté dans la haute sphère où vous a placé votre talent

"

poétique (car c'est une véritable poésie que de la belle prose), nous ne nous serions jamais rencontré, car il est dans mes habitudes de rester à ma place ; mais vous êtes descendu dans l'arène du pamphlétaire, et, comme c'est un pays d'égalité, vous m'y trouverez nez à nez et la plume à la main. Je sais bien que vous espériez la trouver déserte, cette arène ; que, comptant sur les égards des journalistes de toutes les couleurs, qui, par des intérêts divers, vous encensent avec une duperie bien peu patriotique, vous pensiez, sans combats, recevoir les fanfares de la victoire. Non, Monsieur ; luttons un moment ; froissons l'une contre l'autre ma casaque plébéienne et votre hermine nobiliaire : une chute sera le prix de ma témérité, je ne l'ignore pas, car, en France, il ne suffit pas d'avoir raison pour réussir, quand on attaque un grand nom ; mais, en luttant, je briserai peut-être quelque pièce de votre armure, et ma patrie verra alors, non sans étonnement, qu'en politique vous avez une langue de vipère et un cœur de caméléon. Ces deux mots ne vous effraieront guère, je pense ; car vous connaissez assez bien l'histoire des hommes de génie pour savoir que c'est une communauté que vous partagez avec la plupart d'entre eux.

Je disais, tout à l'heure, que je venais substituer le langage de la vérité à des fictions poétiques, et je vais tenir parole : le langage de la déesse sans voile me servira de manifeste; car il est d'usage d'en publier un chaque fois qu'on veut guerroyer.

Béranger, poète illustre, c'est-à-dire menteur fleuri, Béranger vous a dit que toute la France vous pleurait et que tous les regards étaient tournés vers votre retraite solitaire. Fiction, Monsieur! fiction complète! Béranger n'a parlé qu'au nom de quelques salons et de quelques cotteries, où, sans doute, on apprécie votre grand art de nâger entre deux eaux. Voici la vérité : la France populaire, c'est-à-dire la nation, s'occupait fort peu de vous ; quand elle y songeait, c'était pour espérer que la solitude rappellerait auprès de vous la muse qui vous inspira *Réné* et *Attala ;* elle relisait aussi quelquefois avec plaisir votre phrase du mois d'août 1830 : « *On entend ma voix pour la dernière fois dans les affaires politiques,* » et elle s'écriait : Me voilà donc débarrassée des radotages politi-

(4)

ques d'un grand littérateur. Pourquoi faut-il qu'une prévision jésuitique vous ait inspiré une autre phrase, et vous permette de manquer à vos sermens.

Un autre menteur fleuri, l'auteur *des Martyrs,* a dit :

« Une proposition rigoureuse m'arrache au
« silence et à la retraite (1)..... J'avais pris
« la résolution d'aller finir ma vie sur les che-
« mins du monde (2).... Moi, qui ai toujours
« désiré l'honneur, la prospérité, la liberté,
« l'indépendance de mon pays (3)..... »

Et, après toutes ces phrases, la Vérité s'écrie : Fictions ! fictions ! fictions !

La *proposition rigoureuse* n'est qu'un prétexte avidement saisi, et vous cédiez à la voix de Béranger, quand vous vous êtes hâté de transformer l'écho poétique qui vous attirait en écho politique. En Suisse, vous disiez que *vous étiez très-disposé* à céder à la sommation *d'un prompt retour,* et déjà vous aviez en main votre *vieux bâton de pélerin.* Voilà pour l'écho poétique. Chemin faisant, le pré-

----

(1) Dernière brochure de M. de Chateaubriant, page 6.
(2) *Idem,* page 14.　　　(3) *Idem,* page 109.

texte politique s'est présenté, et, en arrivant en France, vous vous êtes écrié : « Je viens me livrer aux lois faites ou à faire. » C'est adroit : on ne sait ce qui peut arriver ; et quand on veut toujours être sur l'eau, il est du devoir de ménager et la chèvre et le chou.

Mais ce tissu d'adroites subtilités tombe devant l'homme clairvoyant : Voltaire était jaloux d'un pendu ; vous, vous avez une jalousie un peu plus noble, c'est la révolution de 1830 qui vous offusque : elle a tué maintes réputations, elle a jeté la vôtre dans l'ombre ; et, en l'attaquant, vous espérez vous illuminer de quelqu'un de ses reflets. Une autre idée vous agite, vous guide encore dans votre hypocrite réapparition. De tout temps, vous vous êtes fait l'honneur de vous croire une puissance, et c'est en cette qualité que vous venez vous jeter dans la balance de l'opinion ; quelqu'un a dit, je ne sais quel est ce fou, que votre pensée avait tué Napoléon : vous avez pris cela au sérieux, et bientôt après vous vous êtes dit : rétablissons les Bourbons. En effet, vous publiâtes en leur faveur une brochure : elle fit beaucoup d'effet ; on aurait toutefois bien mieux apprécié son influence, si elle n'eût pas été appuyée par un million de baïonnettes étrangères. Quand vous vous aperçutes que l'opinion abandonnait les Bourbons, pour ne pas être enterré avec eux, vous vous jetâtes dans le parti populaire; et, selon vous, j'en suis certain, c'est cette défection qui les a tués. Maintenant qu'ils sont à bas, il faut que ce soit vous qui les releviez : mais, prenez garde, il ne vous reste qu'une plume, et c'est un faible lévier quand l'opinion ne la revêt pas de son invincible puissance.

Ce qui vient d'être dit détruit complètement cette seconde fiction : *J'avais pris la résolution d'aller finir ma vie sur les chemins du monde*, et il ne me reste qu'un souvenir à noter pour faire évanouir la troisième : *moi, qui ai toujours désiré l'honneur, la prospérité, la liberté, l'indépendance de mon pays.* Ce souvenir, le voici : plusieurs congrès eurent lieu de 1815 à 1830; tous eurent pour but de nuire à l'honneur, à la prospérite, à la liberté, à l'indépendance de la France : les actes de l'un d'eux furent signés par François-Auguste, vicomte de Chateaubriant.

Voilà mon manifeste; passons à l'attaque.

———————

RÉFUTATION

DE M. DE CHATEAUBRIANT.

VOTRE plaidoyer en faveur du duc de Bordeaux compte 155 pages; je n'en veux consacrer que 10 à ma réfutation : je ne puis donc vous suivre pas à pas; mais, en m'attachant à montrer ce qu'il y a de vicieux dans les propositions fondamentales que vous avancez, en démontrant la mauvaise foi qui vous a dicté la plupart de vos assertions, j'aurai fortement ébranlé votre édifice de *légitimité*, et je laisserai à d'autres le soin de souffler dessus pour l'abattre.

Votre proposition mère est celle-ci :

« *La légitimité est le seul point d'arrêt sur la pente*
« *rapide où la société est placée; la légitimité détruite,*
« *à quel tronc attachez-vous les parties dont se com-*
« *pose le corps social?* »

La légitimité est, selon vous, un principe; quand on l'applique, ce principe, à la question qui s'agite en France, il se personnifie encore, selon vous, et se montre sur-le-champ dans un individu de la branche aînée des Bourbons (*comme issu de Hugues Capet,* proclamé roi par nos pères, ainsi que

(8)

vous le dites, page 103); cet individu est ou veut
être roi. Il résulte donc, de la proposition que vous
venez d'émettre, qu'un homme, ou au plus une
famille, est la partie la plus essentielle, *le tronc du
corps social* : 32 millions d'hommes d'un côté et 6
individus de l'autre !... 6 sont la partie principale,
32 millions sont les parties accessoires : voilà bien
le berger et le troupeau ! Avouez, Monsieur, que
c'est une singulière idée chez un homme qui trouve
moyen d'intercaller, dans chaque page, un regret
hypocrite en faveur de la souveraineté du peuple,
de la dignité nationale et de la liberté.

Maintenant, qu'est-ce que c'est, selon vous, que
la légitimité ?

« *La légitimité était l'ouvrage de mille années ; nos
pères avaient proclamé la monarchie de Hugues Capet
en élevant ce Français au trône ; les générations suc-
cessives avaient renouvelé leur première ratification au
sacre des différens rois ; les États-généraux, les parle-
mens avaient confirmé cette légitimité séculaire.* »

Je ne m'arrêterai pas à relever tout ce qu'il y a
d'inexact dans cette proposition ; je l'admettrai
comme vraie, et j'en conclurai que la source
de la légitimité est dans la souveraineté du peuple (*Hugues Capet proclamé par nos pères*). Mais,
dès lors, Monsieur, est-ce que les fils n'ont pas eu
le pouvoir de détruire ce qu'avaient fait leurs pères ?
car vous ne nierez pas le principe qui établit qu'un

homme ne peut aliéner que ce qui est à lui, et que conséquemment il ne peut disposer de la liberté de ses descendans. Eh bien ! les fils de *nos pères* n'ont-ils pas retiré aux fils de Hugues Capet le résultat de la proclamation qui avait fait roi celui-ci ? Depuis l'Assemblée constituante jusqu'à l'Acte Additionnel de 1815, combien compte-t-on de votes, dont on ne peut invalider la légalité, qui ôtent aux descendans de Hugues Capet, soit directement et positivement, soit par leur conséquence, le droit de régner sur la France ? En 1814, ont-ils fait renouveler le contrat ? Non. Ont-ils fait relever l'incapacité dont le vote des représentans de la nation, dont la nation elle-même les avait frappés ? Non. Donc ils sont illégitimes.

Joignez à cela un obstacle d'un autre genre : c'est une autre légitimité reconnue par vous-même ; c'est celle du duc de Reichstadt, *légitimité* dont la *source* est *l'élection populaire*, qui possède le *passé* et l'*avenir*, annoblie par le sang d'une *fille des Césars*, consacrée par les *mains du souverain pontife, conférée par l'illustration paternelle* (voir pages 32 et 33 de votre brochure). Conciliez, Monsieur, s'il se peut, les droits des deux orphelins ; faites concorder, si vous pouvez, vos phrases et vos pensées, qui se contredisent; quant à moi, je me bornerai à vous dire que, si, comme écrivain, vous êtes un génie, comme penseur et comme raisonneur, vous êtes un pauvre sire.

Maintenant que nous avons combattu vos principes, abordons l'application que vous en faites.

Après avoir tué vous-même l'hypothèse de l'établissement, après Juillet, de la république, de l'empire napoléonien, ou d'une race nouvelle, vous arrivez au duc de Bordeaux, en vertu de la légitimité, et vous vous écriez : *les avantages de ce choix étaient évidens : il éloignait toute crainte de guerre civile et étrangère. Pendant la minorité, les droits populaires auraient pris sans danger, à l'abri de la légitimité, leur extension naturelle....*

Il éloignait toute crainte de guerre civile. — La masse de la nation, l'Est surtout, a eu de tout temps, malgré la chambre qui a chassé Manuel, une forte répugnance pour la race aînée des Bourbons : l'énergie des départemens, nourrie par cette répugnance, se serait grandie de toute la force qu'avaient développée les barricades, et si Paris eût fléchi devant la *légitimité*, l'insurrection eût embrasé l'Alsace et la Lorraine, les plaines de la Champagne et les coteaux de la Bourgogne. Les *cartouches citoyennes* avaient lancé de nombreuses étincelles, et l'incendie allait éclater quand l'élection du Roi-citoyen éteignit tous les foyers.

Il éloignait toute crainte de guerre étrangère.—Votre royauté légitime, pour s'établir après Juillet, aurait adopté les principes qui convenaient au peuple, et dès lors elle avait les rois pour ennemis : donc la guerre ou chance de guerre. Si elle était restée dans les anciens erremens, elle gardait les rois pour amis et avait le peuple pour ennemi : donc guerre civile.

Votre *Henri V*, pour me servir de votre expression, expression qui est coupable, séditieuse, et qui mériterait la sévérité des lois; votre Henri V, dis-je, en arrivant au trône (et en supposant que nulle intrigue jésuitique ou congréganiste ne se fût glissée avec lui, ce que je DÉCLARE IMPOSSIBLE) avait besoin d'un ministère : ce ministère aurait été choisi dans les hommes qui se sont trouvés sur le trottoir de l'opinion publique au moment de la révolution : nécessairement, ce qui est arrivé avec Louis-Philippe serait arrivé avec le duc de Bordeaux. Mêmes hommes, mêmes principes, mêmes résultats; et conséquemment *les droits populaires* N'AURAIENT PAS *pris*, plus qu'avec Louis-Philippe, *leur extension naturelle*. Loin de là, des hommes qui avaient constamment nagé entre la légitimité et le peuple se seraient jetés au timon des affaires : la faiblesse qui accompagne toujours les conseils de régence et les minorités aurait donné beau jeu aux partis divers, et l'anarchie la plus complète eût désolé la France.

Avez-vous, en outre, réfléchi à l'immense inconvénient de prendre pour roi un enfant dont l'éducation (car vous l'avouez vous-même) non-seulement n'est pas faite, mais est à peine commencée; ignorez-vous que les principes qui l'ont dirigée jusqu'à

l'époque des ordonnances étaient purement jésui-
tiques, et que les impressions données dans le premier âge laissent des traces qui influent sur le reste
de la vie? Quand vous avez écrit votre chapitre
intitulé *Conclusion* (page 138), vous auriez dû remarquer que les aveux que la vérité vous arrachait,
renversaient l'édifice que vous aviez péniblement
échafaudé ; et, en homme sage, vous auriez dû jeter
votre manuscrit au feu. Tout le monde, vous surtout,
y aurait gagné.

Je vous ai suivi lorsque vous établissiez des principes faux : je viens de démontrer le vice de l'application de ces principes : maintenant, je vais vous
suivre dans la critique de ce qui a été fait.

Vous dites :

« *Les quatre combinaisons politiques (la république,*
« *le changement de race, le duc de Reichstadt, le duc*
« *de Bordeaux) correspondaient à des masses plus ou*
« *moins considérables, à des opinions connues. La*
« *monarchie quasi-légitime, à quoi et à qui parle-*
« *t-elle ?* »

Vous ne pouvez vous dissimuler, Monsieur, que
les républicains et les bonapartistes ne soient en
extrême minorité en France : supposons à chacune
de ces opinions 1 million de partisans, et disons
deux : pour agir courtoisement avec vous, quoique
jusqu'à présent je n'aie pas péché par là, je suppose
que les amis du duc de Bordeaux et les ignorans qu'ils

entraînent, soient aussi au nombre de 2 millions :
disons *quatre;* ceux qui voulaient un nouveau trône
et un nouveau roi se confondent avec ceux dont je
vais tout-à-l'heure parler, et ne peuvent en rien
changer le chiffre posé : voilà donc 4 d'un côté, et
il ressort 28 pour compléter le nombre de millions
d'individus qui couvrent le sol de la France. Eh
bien! ces 28 millions d'individus désiraient pour
roi un homme qui eût à la fois « *expérience, éduca-*
« *tion du malheur, goût du travail, facilité de s'ex-*
« *primer,* CONNAISSANCE DES BESOINS DU TEMPS, *dou-*
« *ceur de mœurs, aversion du sang, des réactions et*
« *et des vengeances.* » On leur montra le duc d'Or-
léans; il avait toutes ces qualités; car c'est vous-
même qui les lui accordez dans le portrait que je
viens de citer, ce que je vous emprunte (page 47);
ils lui dictèrent des conditions; il les accepta, après
les avoir examinées, et il fut roi.

Voilà, Monsieur, l'histoire de cette *monarchie* que
vous dites *arrivée par hasard, comme on retourne
une carte qui devient un atout.* Comme je ne chi-
cane pas sur les mots, mais seulement sur les choses, j'adopterai votre expression, et je dirai : cet
atout manquait à tous les jeux, et il fut le bien-
venu de tout le monde : la retourne était trico-
lore, et c'est une couleur qu'il avait adoptée, il y
a quarante ans, et avec laquelle il avait combattu
l'Europe pour la défense du sol de la patrie : si des

circonstances urgentes ne permirent pas qu'il consultât le *suffrage universel*, il ne l'obtint pas moins,
car il n'est pas de ville, de bourg, de village, de
hameau, où le pauvre et le riche, assemblé sur la
place publique, n'aient élu un représentant pour
porter à Louis-Philippe l'expression formelle de leur
adhésion à ce que de sages députés avaient fait. Si
vous doutiez de cette vérité, rappelez-vous les paroles prononcées à la tribune par l'incorruptible
Lafayette, et consultez ceux qui, pendant des mois
entiers, ont vu les abords du Palais-Royal encombrés de ces députations arrivées de toutes parts :
consultez-les, et, en vous montrant les marches
usées du palais de l'ex-Tribunat, ils vous diront :
Voyez, Monsieur, la France a passé par là.

Après avoir consulté les hommes sur les suffrages
universellement accordés à Louis-Philippe, consultez les choses pour savoir ce que la France doit à
son règne. Cette *quasi-chose qui tient de tout et de
rien*, et qui, en effet, tient *à tout* par le bien, *et
à rien* par le mal; ce *je ne sais quoi, qui n'est ni
république, ni monarchie, ni légitimé, ni illégitimé*,
parce qu'il n'a pris à la république, ni sa turbulente démagogie; à la monarchie, ni son despotisme; à la légitimité, ni son bon plaisir; à l'illégitimité, ni sa violence; la *royauté-citoyenne*, enfin,
a fondé à tout jamais la liberté légale, et sans retour de mesures exceptionnelles, sur le sol de la

France. C'est sous son sceptre qu'on a vu s'orga-
niser cette formidable garde nationale qui rend impossible et la tyrannie et l'invasion ; elle a vu s'ac-
croître avec joie le nombre des électeurs, et elle a
renforcé, étendu la belle institution du jury ; par
ses soins, la commune s'organise ; les attributions
départementales sont affranchies de la centralisation
administrative ; voyez l'instruction primaire étendre
partout ses bienfaits ; voyez cette armée qui n'attend
qu'un signal pour renouveler les glorieuses jour-
nées de la république et de l'empire. Qui, mieux
que le Gouvernement de Louis-Philippe a respecté
la liberté ? de toutes parts, on en abuse, la presse
surtout, et jamais, malgré les outrages dont quelques stipendiés de l'étranger l'abreuvent chaque
jour, il n'est jamais sorti de la légalité pour ré-
primer les excès. Ferme et franc, quoi qu'en dise
un esprit de parti, qui, dans quelques mois, sera
forcé de chanter la palinodie, Louis-Philippe a re-
placé la France au premier rang des puissances
européennes ; et, malgré leur envie de guerroyer,
les ennemis du grand peuple sont forcés à recon-
naître qu'on ne peut tirer un coup de canon sur
le continent, sans que le Roi des Français ou le
permette ou le punisse.

Voilà des faits, Monsieur ; voilà du positif. Cet
exposé me dispense, je crois, de continuer à réfuter
et vos déclamations et vos contradictions. Mo-

quez-vous, si bon vous semble, de la monarchie, que vous voulez rendre ridicule avec l'épithète de *pot au feu*, malgré votre admiration pour la *poule au pot*, qui y ressemble si fort : moquez-vous d'elle, insultez-la ; mais rien ne la détournera de sa marche ; elle ne s'apercevra pas même de vos attaques, ou, si elle s'en aperçoit, ce sera pour répondre par un silence dédaigneux aux sifflets d'un merle qui, parce qu'il chante souvent comme un rossignol, a la vanité de se croire un aigle.

Imprimerie de A. Guyot, rue Neuve-des-Petits-Champs, n° 37.